万水千山

江云英　著

漓江出版社
·桂林·

图书在版编目（CIP）数据

万水千山 / 江云英著. -- 桂林 : 漓江出版社,
2025. 1. -- ISBN 978-7-5801-0118-1

Ⅰ. I227

中国国家版本馆 CIP 数据核字第 2024UW4705 号

万水千山
WANSHUI QIANSHAN

作　　者　江云英

出 版 人　梁　志
出版统筹　文龙玉
责任编辑　宗珊珊
特邀编辑　林振宇
装帧设计　景行仰止
责任监印　黄菲菲

出版发行　漓江出版社有限公司
社址　广西桂林市南环路 22 号
邮编　541002
发行电话　010-85891290　0773-2582200
邮购热线　0773-2582200
网址　www.lijiangbooks.com
微信公众号　lijiangpress

印制　武汉鑫佳捷印务有限公司
开本　880 mm×1230 mm　1/32
印张　5.75
字数　134 千字
版次　2025 年 1 月第 1 版
印次　2025 年 1 月第 1 次印刷
书号　ISBN 978-7-5801-0118-1
定价　68.00 元

万水千山　云落成诗

——《万水千山》序

一个女子心中有万水千山，她的诗里就有了与世无争的乡村、草原。我在她的诗里，听懂了天空与自然的密语，窥见了山峦与云雾的缱绻。她的诗里有檀烟袅袅，有佛音清远，也有瑟瑟低吟的万语千言，平平仄仄，仄仄平平。

北国春半踏青时，青梅如豆柳如眉。云英姐就像古典诗词里走出的少女。梅柳始发，她攀折佳枝，轻歌入莲池；她身上带有少女的纯真；她的思想、她的语言像散落的珍珠，一颗一颗就排成了不规则的诗行。

同时她又是个智慧的女人，诗意的万水千山，生活里的柴米油盐，她能同时把理想和生活经营得美满。最难得的是，阅尽千帆，她对世界、对人类仍怀有一颗悲悯之心。她慷慨善意，不甚清高，常以甜甜的笑容示人，骨子里透着少女般的天真可爱。一枕诗书梦，云落满蹊英。她明净清丽，正如飘逸隽永的散文诗。

我喜欢她诗里缱绻的情愫，从她对爱情，对亲情，对友情，对万事万物的文字中，能感受到真切的温度。寂寥的凤凰山下，是文学的温度点燃了枫叶，温暖了整个冬天。枫叶红了，她便将它做成书签，作为秋日永久的纪念。她保护这秋日的小小的生命，用诗歌让它的美好永存。她聆听过西窗的风，诉说过如絮的心事；她聆听过夏夜的雨，涌起过思绪的河流。她在初夏的风里聆听生命，怜惜新生的尖尖小荷；她在暮秋的月光下看红叶落下，咀嚼古诗词中的悠长余韵；她在冬夜围炉听茶煨芋，依依说着相逢与别离。春华秋实，寒来暑往，都是听得到的纯净自然，都是听得到的百般滋味。

江涵秋影雁初飞，与客携壶上翠微。她爱茶，也爱交友，每一个相遇的人她都真心以待。

对待万事万物，她心怀热爱。她踏遍万水千山，永怀对远方的期待。她看见了夜晚的西宁、美丽的化隆、仿佛永昼的吐鲁番、宛如一首歌的成都……随处可见的风景，是她踏遍万水千山找寻的诗歌家园。对待纷繁的世界，她以感恩之心相待，因为她始终坚信，善良是本性。她写万水千山，落笔是一个“情”字；走过锦瑟华年，沉淀的是一个“爱”字。从她的诗里我们可以窥见生命的起落、万物的悲喜。

万水千山，云落成诗。微风吹落了清波里的樱花，街灯点亮了高塔上的云朵。散开的书页里，风把诗吹皱，一朵云落下，碎散成一片一片缤纷的落英。她的诗或慷慨，或苍凉，或清婉，或悠扬，一句一句，一片一片，如琉璃般折射出她丰盈的心灵世界。

任百惠

目录

第一辑

写尽千山

我未饮君先忘

你转头回望
三世情缘
终是离殇
斩断了谁的梦一场
回眸
笑颜带着泪光
彼岸花
花叶断肠
两两错过
心已苍凉
浮华三千花叶同葬
低眉
眸中带着沧桑

三生石
看三世荒凉
苦笑声声
若是无缘
何必许我白发苍苍
彷徨
哀伤落在眉上
黄泉路
再无来生缘
泪落千行
休说再见
你我都将前世遗忘
叹息
别了地老天荒
孟婆汤
余恨那么长
抬手之间
你我对望
说好了的忘川不忘
却是
我未饮君先忘

你若走进我的梦

你若走进我的梦
那必是一场唐诗宋词的优雅
如雪般纯净
如风般惬意
你若走进我的梦
那必是一曲高山流水的静谧
如雨般迷离
如月般安宁
你若走进我的梦
那必是一纸水墨丹青的文静
如画般唯美
如诗般隽永
你若走进我的梦

那必是一声极尽缠绵的低喃

如春般温暖

如玉般温润

行走在时光的彼岸

我一袭青衫
行走在时光的彼岸
纵使风光无限
也只能独自走远
我一把纸伞
驻足在那迷离江南
纵使波光潋滟
也只能蹙眉低叹
我一笔淡然
停驻在那红尘陌阡
纵使灯火阑珊
也并无伊人容颜
我一句笑言

说给你一遍又一遍
纵使风月缠绵
也无人理会心酸

轻叹流年

流年已老
长叹轻狂年少
朱颜尚早
许我花容月貌
眉眼难描
浮萍终消
那年早落春袍
许我花开满地红娇
满城浮飘
君在何处逍遥
抬眼一笑
留我独守百媚千娇
如今歌曼舞妙

台下之人已少

流年似水
老了的何止时间
满身绸缎
剪断的何止红线
拂袖挥散
桃花不见
荒芜的何止旧园
沙场征战
黄沙漫天
泛黄的何止画卷

阅尽浮生流年

一曲瑶歌
轻灵舒袅
似花溪柳涧玲珑写意
若柔风细雨婉约缠绵
一笔丹青
水墨轻盈
如碧蝶飞舞极尽风雅
若流水落花换了人间
一盏清茶
清香冉冉
恍然缭绕于心田一角
若溪涧泠音不肯散去
一首辞赋

写尽世事

那一眼阅尽浮生流年

若千年古刹红尘望断

无悲喜爱恨

驻于烟雨巷口
肆意地谈笑风生
且静观红尘喧嚣
安然且行且笑
芳华一刹
是谁静坐于古寺
不闻世事繁杂
只赏幽篁溪涧
惊醒了一池静水
心思
定格于千年之前

曾几何时

我竟爱上了做这样一个人
于红尘之中静守安然
无悲
无喜
无爱
亦无怨恨

也许在某一年
某一天的某一个地方
你我曾有过约定
如今又重逢于这里
只不过
你未认出我
而我亦未识得你
最终还是匆匆擦肩
回想过去的二十几年
经历过太多太多
或许本该沧桑
本该凉薄
抑或本该欢喜
本该万千风情
可我出乎意料地淡然
犹如一潭碧水
不惊心动魄

不优雅温婉

亦不风情万种

只是清清淡淡

淡然得不像自己

或许

我该怪罪世事无常

可无论经历几轮春夏秋冬

看过几载花开花谢

心依旧似死水毫无波澜

幸福同在

如果你要一个微笑
我敞开火热的胸怀
如果你需要有人同行
我陪你走到未来
春暖花开
这是我的世界
每次怒放
都是心中喷发的爱
风儿吹来
是我和天空的对白
其实幸福一直都与我们同在

有一种爱叫等

等你在清晨
是你的问候
叫醒了天明
也叫醒了我沉睡的心

等你在傍晚
是你回复的信息
让我感到你的惦记
让我的心和你
跳动着爱的和弦

等你在夜里
约好了一起入梦

早已成为习惯
梦里一树樱花开了
我们相拥
喜极而泣

有一种爱叫等
等啊，等了五百年
才换得今生相见
前世我们求佛
许下爱的誓言
等啊，等到今生有缘
哪怕万水千山
我们终能克服万难
结成姻缘

有一种爱叫等
等到春天花儿开
你说你会来
等到秋叶黄
你说你会来
等到燕归来
为何你还没来？

有一种爱叫等

就像长长的站台
漫长的等待
等心上的人儿
从很远的地方来
我盼望着盼望着
好像看到我们相拥时
那一刻眼里的泪花

有一种爱叫等
就像我伫立在海岸
眺望你的出现
我默默地等
默默地思念
年复一年
任凭海风吹
或许有一天
我站成了一座雕塑
我的眼睛面朝大海
那是爱情的方向
那是你在水一方

写尽千山　落笔是你

世间
唯有怀恋
可得永远
红尘陌上
邀约同行的人
终究在某个渡口离散
展一笺墨香
听一窗清风
如一道别致的景色嫣然绽放

这世间铭刻的轻吟浅唱
一方心砚绘出的水墨之韵里
你为我而来

以淡淡的姿态
绽放在我文字的韵脚里
抚尽缠绵
绕尽思念
汇集的一份永恒
若千百年过后
岁月奏响的骊歌之上
烟火还有情
落花仍存意
即便是疼痛
也定是完美的
悠远漫长的时光
纵使轮回百年无缘
也不过红尘陌路之人
那些未能圆满的故事
亦不会为时光所留情

喜欢
只是一个相见到挥手的瞬间
蓦然回转
写满了伤感
喜欢
是重拾的遇见
即使

相隔千年
也可以淌着扯不断的思念
此刻
以今朝为曲的思绪
水波潋滟
低头
指端这些混乱不知所措的文字
似乎也正用一种未知的迷惘
带着绝望的神色
臣服于岁月的年轮

回首
岁月绵薄
厚了我缠绵的记忆
为锁一生挚爱
我的笔
浸染上淡淡的墨迹清香
在每个清风习习的深夜里柔婉地呢喃
或许
我们的一生中
爱情
有时便如花开花落
我们用尽全力
才在一生中盛放一次

那样美艳
又那么的短暂
拾笔落墨
往昔清梦亦欢
终是飘然而去
一场烟火
一个季节
请许我
对其轻念
许我
一段华年
然后
我会吟咏出生命最美的绝唱
越过浮动的苍凉
在喃喃自语的浅吟中静守红尘
一路清歌
一生锁爱
舞尽地老天荒
携手并肩天涯
从青丝到白首

第二辑

无关风月

流年

翠薇的单曲里
流淌着紫薇的忧伤
癸卯年的前夕
龙在腾云飞舞
似水流年里
上帝在云端俯瞰世间

前尘往事
流落在不知名的天际
时光渡口
留下一场轮回的美好
玉指轻触
岁月掺杂着生命在指尖流逝

紫微星划过
璀璨流年摇曳在生命旅途中
轻握流年
任悸动的岁月镌刻花样年华
静待安好
在岁月磨合中搁浅幸福

合手
流年冲击着记忆的彼岸
抬头
记忆略去忧伤
回首
岁月暖了流年醉了芬芳

听说你曾爱过我

是梅花散落的温柔
引起你的怜惜
还是那飘舞的爱
引起你的渴望
疯狂的情感
吹皱了你的心池
那些曾经的快乐
被无拘无束地尽收入你的眼底
在春夏秋冬里蛰伏
像一种烈焰在热情绽放
如岩浆奔流滚烫着每一寸肌肤
无法平息
湖边见证了爱情的美好

诉说的爱语一片一片飘落在我的眼前
带着相思万千
飞越千山万水来到我的身边
无法拒绝爱的涟漪
仿佛前世五百年的修炼
手掌心里刻下了一世的情缘
那一条线肯定与你纠缠
条条杂乱纹路
无法掩盖住尖刻的深情
哪怕是痛
哪怕是伤
都无法把交握的情一点点剥开
一切都是命中注定
不期望一生荣华富贵
不奢望一世惊心浪漫
在这个并不喧闹的小城
在寂静的小路上漫步
静静地聆听一首曲子
四目对视
浅浅一笑
或是一起看日出
一起赏日落
或是品生活的无忧无虑
看世间的风起雪落

微风一扫那如烟飘飘的忧郁
一声黄昏在寂寞层林中的微语
只是静静地等待你的出现与归来
你的身影已化成一种氛围
缠绕在我的心间
关于你的记忆
随时随地会突然涌现
一个名字
一个身影
一种声音
让自己有了阵阵心痛
掺杂着幸福的感觉
若一枝梅花
冷艳清绝
从此
彻底沦陷

风雅颂

缘起风雅颂
相知海棠诗社
不管琉璃尘世萍聚萍散
不问荏苒岁月光阴易断
你始终是我心灵的花园
盈盈清波
婵娟高悬着最真实的信念
笔尖的笙歌情随心动
静待守候的甘甜
不曾遗忘与你共舞的惬意
犹记与你相伴的欣然
你怀揣着一腔柔情
走进了我的诗行里

丰盈了我的墨砚

旖旎了我的生活

今夜

我将自己婉约成诗，

等你来读——

梦里梦外

此心依然

缘生

此刻
风渐停
雨渐息
倚窗而立
一丝忧伤缓缓从心底漫起
无限楼前沧波意
谁采蘋花寄取
佛曰：万物生发皆系缘分
你我终其一生也未必能相见
更别提萍水相逢
蓦然回首
注定彼此的一生
缘起即灭

缘生已空
我总是慧根最浅的那个人
无法淡然红尘
无法静守《般若心经》
总是为牵挂的人牵挂
总是为离别的人伤感
总是执着红尘情结
如梦复如烟
为你写尽万水千山

若爱 请深爱

夜深人静
固执地不想睡
寂寞难以名状
不经意间铺天盖地而来
我慢慢起身
给苍凉的夜
一个模糊的身影
一支烟
燃烧着寂寞
一条路
向往着迷茫
一个人
享受着孤独

一个人的风景
一份不该有的情深
迷离了双眸
幼稚了天真
走过千山万水
看过世间百态
方知不可能的终究不可能
所有悲欢离合
都是上天的定局
若爱
请深爱
不爱
请放下
暧昧伤人
不要轻言爱
断桥风雨夜
人散天涯处

弹指刹那

断了半生的时光
挥了几度的流年
又是一个烟雨蒙蒙的夜晚
秋风阵阵吹起
却吹不醒雪藏在冬天的心
心若无恙
一切安好
经商数年
辗转生计
却早已忘了初心
丢了知音
醉于红尘中
忘却空门里

三千繁华
弹指刹那
百年过后
不过一捧黄沙

末了

秋夜雨声中写着忧伤
青灯黄卷里画着冷漠
沾衣微凉时慎思轻吟
了于新时节了于情殇
寻知音终归知音难觅
望初心都变成忘初心

时光阡陌
沉淀了太多过往
搁笔久坐
思绪混乱
浅饮一杯浊酒
醉步蹒跚

一丝光亮落于心尖
诉我心房
芳华绚烂了一季
却又如昙花一现
匆匆开始
匆匆落幕
只恨时光太短
流年如水
相识却又相离
只恨岁月太长
记忆纷飞
忘了许多人
丢了许多事

拈花浅笑

一念求全
则万绪迭起
随遇而安
则无人不得
阡陌红尘
道不完的离乱迷蒙
终究是尘归尘
土归土
左手烟
右手火
烟为谁浓
火为谁舞
何必惹尘埃

何必苦淹留
且化风云
独自沉吟
拈花一笑
一笑拈花
心定万事空

无关风月

今夜我一个人
站在记忆的埂上
细数着过眼云烟般的往事
在患得患失中抖落一地的相思
与风情无关
只与爱有染

往事随风
纷飞在过去的回忆里
一片片破茧而出
化身这一缕缕的相思
亲吻着思念你的记忆
撞击着泛滥的思绪

思念穿过记忆的心海
身后带起昔日爱的涟漪
俯身拾起一片片相思的花瓣
心中漫起爱恋的芬芳
落笔思念在这一纸书笺上
点点深情
滴滴爱意
不为过往
只为在这流年里记忆
一场刻骨铭心的爱情……

阁楼上的书房

纤纤细步
曲径通幽
聆听脚步欢快的声音
凉风习习穿行在岁月的阑珊处

七楼的阁楼
一抹温暖的灯光
室内温馨惬意
窗外的寒风吹瘦了窗棂上的旧符
把昨日的羁绊
编辑成琐碎的记忆
悄悄地挤进熟悉的门缝

推开岁月的门扉
弹指芬芳
静守禅意的慈悲
清雅中
静修诗意的日子
桂香里
熬煮一壶良辰美景
左手把盏
右手执笔
沉迷在书香墨韵的小诗里
怀念着过去的诗意

静守流年里的一段时光

汽车迅速带我驶离
一瓣寒凉的心零落在红尘
抒写一首远离的寂寞
希望来日再重逢
品茗聊天听君教诲论人生
沿着岁月的长流寻觅着有你的痕迹
驱赶围绕着时光的寂寞孤独

泪水点点滴滴
晕花了她的新妆
耳边你的声音犹在回响
翻开舒展的长卷
古风润泽

幽梦深藏
思念里轻轻执笔
染墨飞扬

一幅山水
总有知音来欣赏
一个知己
总会值得老友收藏
过了这个城
就要回故里
期待来年春暖花开时节
你会出现在百花齐放的麻城

那些保存在记忆深处的片段
就如深情收藏着最美的时光
荏苒成一首昨日的文字
在温婉的醉意中
饱蘸曾经的美好生活
写下隽秀的地老天荒
百转千回里
用指尖上跳跃的文字续写传奇的篇章

四季人生

百转千回
一念秋长
一念秋短
百转千回
望尽重山
秋天是迷人的
天高云淡
枫叶似火
人生就像一年中的四季
有和煦温暖的春
有酷热烦躁的夏
有硕果累累的秋
还有天寒地冻的冬

四季人生都曾经历
当你生活愉悦的时候
心情就像温暖的春天
生机盎然春风满面
当你身体不适的时候
心情就像酷热的盛夏
压抑苦闷烦躁不安
当你工作有了成就的时候
心情就像金色的深秋
硕果丰登收获满满
当你命运坎坷的时候
心情就像隆冬的冰雪
令你心冷身寒
四季人生
每个人有着不同的故事
每个季节有着不同的精彩
四季人生
春去夏来秋去冬来
让我们感受四季品味人生
愿你我的心情
永远如春般和煦
充满生机充满希望
愿你我的情怀
永远像金秋的色彩

五彩缤纷福满人间
一叶落知天下秋
一秋又一秋
花谢花开
人生四季
醉美秋天
一切往返于无休止的平凡
却在这一季收获不同
神秘的一季
圆月的一季
这是会发生奇迹的一季

第三辑

月光里的树

眉目成诗

时光的素笺上
记载所有的记忆
或深或浅
每一个字里都是想你的印记
想你
是幸福与快乐
在岁月书笺上只有一个你
哪怕这书签泛黄
季节轮换
你依然是我心里的珍宝
每次看到云卷云舒
心中总感觉是你在翩翩起舞
每一次想你

便会有一丝暖流淌过我的心底
这是一场温馨的回放
也是一场与你的深情对话
思念的情愫晕染了午夜的蔚蓝
任由文字在午夜里清欢
枕着花开的淡雅
聆听雨落后的蝉鸣
穿过逶迤的岁月
抵达属于你我独有的一抹风情
一缕柔风
一帘细雨
在玫瑰含香的季节流淌
晕染了岁月里所有的过往
站在雨落潮起的水岸
深深的思念穿越苍凉
岁月会铭记你我初遇时的模样
在禅意与浪漫的文字里
溢满了紫色的缠绵的温情
在思念迭起的文字里
拼接成一点一滴的心动
任淡淡的思念穿起痴情
让长长的牵挂越发厚重
让深深的爱意填满苍穹
等到下一个天亮

我的身旁有你的气息萦绕

你我清守平淡后的静谧安详

谨以此文

来纪念我们这一世的寂寞情殇

醉了月光

凤凰山的红叶
迷醉了我的双眼
凤凰山不再袒露着脊梁
满山遍野披上了鲜红的外衣
就像一个男人
在坚毅里显得细腻温柔

凤凰山的红叶
在风里抖动着
像花蝴蝶扇动着翅膀
耐不住寂寞的几片叶子
随着风在空中旋转着
飘舞着

煞是好看
看落叶纷飞的瞬间
随着一阵沙沙声响
倏地落到泥土里
就如你离去的背影
在瞬间飘散
却又深深地刻在了我的脑海里
突然
一片枫叶飘落在我的脸颊
带刺的叶子边缘
划伤了我的脸
那丝刺痛惊醒了我的梦魇
在这片火红的林子里
你的笑颜如雨后的阳光
照亮过我的眸子
温暖过我的心房
我知道
你是懂我的
在每个枫叶又红的季节
你也会看着枫叶想我
来不及说一声再见
你就这样悄无声息离开我
仍记得你眉宇之间那淡淡哀怨
那紧蹙的眉那含泪的眼

那帅呆的脸没了往日的笑颜
那挺拔修长的身子像随风飘舞的枫叶
一切的一切
是那么清晰
又是那么缥缈……
暗夜里
串串泪珠飞洒到我的胸前
我的背也被你的泪水淹没
你的泪刺痛了我的心房
我不忍回头
我怕我会痛
我不敢回头
我怕阻碍你去寻找所谓的理想
漫长的秋夜里
枫叶又红了
想起你和我在凤凰山的初遇
想起你我在枫叶下的誓言
枫叶依旧在
却不见故人来
往日点点滴滴
风起云涌
犹记起你修长的手指穿过我的秀发
不经意滑过我的脸颊
酥酥的痒痒的甜甜的

我感知着你的细腻
享受着快乐的生活
在那个时空里
到处是你馨香的气息
我的眼里没有霜叶枫红
只有你
在月色里
柔美了湖水
醉了月光

童趣盎然

轻轻捡起沉睡的枫叶
在靠近你我的枫树旁
如同你我的四只手
紧密结合
写满童趣盎然
我站在那根最大的树枝上
扬起手向你挥舞
你担忧的眼神
和我形成鲜明对比
我叽叽喳喳个不停
如同回到年少轻狂的时光
我摘下最美的枫叶送给你
你不接枫叶却努力

抱住将要掉下树的我
我胖嘟嘟的身躯
还是把你当成了肉垫
我安然无恙
你却住了半个月医院
我读不出更多的深意
那一片枫叶
被你收藏进了心里
你说
你只是喜欢它那夕阳的色彩

雨夜

情似红英飘落雨
一任风吹相思债
前世的你是否情债太多
今世里你挨个儿去还
那个女子忍受孤独寂寞的磨砺
怕你最后还是忘了情深意长

长相思、长相忆，往昔无穷极
你不懂离泪有多悲离情有多痛
衣渐宽容颜瘦一生执念终为君
心心念念缠绵铅字都为君
徒留伊人憔悴

凄凉万古怨明月
伤心断肠怨风雪
你抽走我的魂魄
用尽我的相思
雨打落花零落
花开荼蘼倾心
不见一人赏
独自落泪化灰
枯萎的蕊
冷漠成殇
字里寻温暖
墨里寻馨香
谁言爱我
谁道怜我
徒留我静静地疗伤

秋风凉

枫叶红了
枫叶落了
那些繁华名利
如同轮回般坠入沉沉暮色
陷落

山河易改
壮士断臂
一片肃穆
枫叶
日落
黄昏

沉默与恨无关
等待与缘相连
就这样和着岁月的沉淀
等你穿透枫叶的红
回来

花香四溢　清风徐来

做一朵春天的花朵
只要能开在懂你的那个人心上
又何须倾国倾城
素心对素人
在时光里氤氲成香
清浅相依
便胜过人间无数
尘埃落定
温暖随行
岁月
依然让人这般地欢喜
我渴望自己的生命
像路边开放的花朵一样自然

不管是阳光还是风雨
总是微笑
如果我的生命如花儿一样平凡
那么也该始终微笑
每一种花都有自己的花语
你若盛开
清风徐来
花香清远
亦是隽永
在这样的寂静中
在心中植一株莲
清浅安然
百花丛中
即便不能成为最亮丽的那一朵
也要学会孤芳自赏
不染纤尘

月光里的树

夜色朦胧
月光旖旎在初秋暮晚
微风中放眼院落
聆听着生命的声音
凝眸处
风过枝头落叶飘零
各自天涯
留下一地挽歌

拾一片落叶
写下今生的思恋
用清浅淡薄悸动的柔情
洇渡成水墨的婉约诗句

轻轻地写入流年

静候轮回

菩提树下

双手合十

虔诚地祈求佛祖

许我一世春暖花开

在我荒芜的沙洲

让春色满园

孤独的灵魂

站在熙熙攘攘的人群中
陌生又孤独
选择享受一杯清茶一首音乐的安静
沉浸在一个人的世界里
人间繁华多笑语
唯我空余两鬓风
置身尘世喧嚣外
世人皆醉我独醒

心中的一个角落
用来安放疲惫的心灵
夜深人静时
抱紧自己

灵魂的归宿
终究会孤独

孤独是一种财富
真正的平静
不是避开车马喧嚣
而是在心中修篱种菊
学会在孤独中让自己内心丰盈

一个人的路途
回看落叶黄昏
静看夕阳西下
将灵魂安放在高处
体味一个人的诗意
唯有孤独才能成就
真正独立的生活
是捱过生命沧桑后的静美和淡然

听风雨无声

鸿雁长飞
秋月轮回
饮一壶老酒
结束爱的征程

听风的私语
听雨的悲泣
无法走进心
黎明前疲惫地睡去

月下轻舞霓裳
星空一轮满月
悬挂于柳梢头

喧闹的都市安静下来
在月下轻轻摇晃
眸光穿过迷茫
踏碎一地的忧伤
寂静的夜晚
把叹息装进行囊
夜色朦胧
曲声悠扬
在笔下谱成音律
风中轻舞霓裳
是谁在月下孤独地徘徊
把落寞的身影拉得长长
又是谁扬手间拂落忧伤
把飞舞的霓裳缀成点点星光
总是不忍将往事惊醒
情愿追随岁月深深的目光
守候一季又一季的花香
藏在眉间的心事
纠缠的情结
和着幽怨的琴声
月下轻舞水袖
寂寞地诉说着忧伤

茶意

喝茶是一种行为
品茶却是一种心境
禅意的茶室空间
让人在浮世中觅得一处静地
尽情感受内心的宁静

端起
放下
万物终要回归
彰显本质之美
在杯盏的沉浮之中
获得慰藉
疗愈心灵

岁月静好
几许禅意
品茗畅聊
不求半世浮华
但求恬淡人生

世事万变
过眼云烟
只愿独拥一方茶室
燃一线香
煮雪烹茶
不去想
那些过眼云烟
茶承禅意
禅存茶中
看山山静
看水水清
只愿有一间这样的茶室
一隅宁静
诗意栖居

第四辑

西窗的风

初夏的风

暮春倏忽
暖风润雨
草木舒展开来
遮了当空骄阳
洒下淡淡光影斑点
静里透着细碎的明媚

彷徨
我并非珠玉
却又心存希冀
不甘心与瓦砾为伍
就把自己埋藏在回忆里
命运的惶恐如影随形

痛苦的现实把你
摧毁在熙攘的人群里
看着那些残骸和土灰绝望
期待如凤凰涅槃般重生
放弃很简单
忘记却很难
秋夜含英咀华
诗酒趁年轻

牛郎织女编织着爱情

历经千回百转
积攒一世情缘
有生之年遇见你
牵手共赴爱之约
筑诗意栖居之所

纬度上的沙尘
经度上的雨水
都是上天注定的缘分
这名为沂源的小城
流传着牛郎织女相会的故事

童年的麻城哦

我贪图你微小的幸福和繁华
迷恋你交通顺畅的小巷和街道
看清晨早起的人们遛狗遛鸟
观各种小贩为生计四处奔波
苦涩的心情像一杯莲子茶
幸亏有糖
才咽得下生活的苦难……

痛时你在
喜时你在
如花盛放时
有你在顾盼欣赏
香越发芳醇
红落香残时
有你在细心爱护珍藏
芳华依然久长

月色朦胧
秋虫呢喃
氤氲的日子里
莲香缓缓向你而来……
晃动你整个生命的荷塘
孤独的心不再忧伤
从此添了很多生命的乐章

共立黄昏后
同醒南麻城
你为我梳理青丝到白发
我伴你青春到耄耋
你心疼我一地落红
我懂你伤怀夕阳近黄昏

任时光流逝
看烟火人生
无论风雨多么凉薄
只要你的爱存在心间
我就永远无惧不孤单
幸福快乐温暖在心田

这一生
除非死去
我们不会分开
除了爱
我们一无所有
你是我的岁月静好
我是你的春暖花开

素色时光里

有一个懂你的人
有一个爱你的人
一生一世相守
这一生
足矣

最美不过你的梦

爱上一个人
是最大的冒险
你永远也不知道
全身心的投入和付出
最终会换来什么结果
梦里和你饮一壶陈年老酒
席地而坐
听风画眉……

伊人独立在黄昏
听房间传来的笑声
看窗口大朵郁金香
肆意开来

此刻你若不爱
何必夜夜梦里见

你喜欢作画
你善于写字
却更执着于作诗
你的才思泉涌
胜我寒窗十年换得的一时春生

进你梦境的女子
都是你日思夜想的果
那些旖旎的画面
是你余生最长的梦
时而在清风徐来时飞扬
时而在花前明月下荡漾
一时清醒
一时糊涂

她们踏月而来
只因你在梦中
春风拂槛露华浓
相遇结伴同行
最美不过你的梦

睡梦里，是谁惹云雨

五月的夜风
将沂水的歌谣送远
西窗前
我轻拈笔墨
将记忆里的倩影细细描画
雨幕下
油纸伞的影子
渐行渐远
睡梦里
可记得云水的旖旎
默默痴等花开的相遇

此时此刻

初夏深处的相思
在温柔的夜里抵达
满园的花开
在夜间肆意蔓延
流苏飘来
拢住眉梢眼角的笑意
可否
把梦挂在柳梢
不负幽梦为汝作的诗行

此刻
一声吟咏漫过了水湄
落在时光里的衣袖微微褶皱
在静谧祥和里
琵琶声起
用三千青丝牵念你的美
好想
拥你入怀揣起梦想
把花的心事谱成绝唱
等一场烟雨
赴一场水墨江南的约定

若可
愿隐入梦境

在清唱里独享清欢

举头

凝望明月的美好

留半个梦

等你来续

唯愿余生

都是你……

有一种美丽

有一种美丽
寂静无声
却能感动你
在沧桑的岁月里无数次动容
并且永远盛开在内心
永不凋零
美丽不是多么的惊艳绝伦
而是平常中充满无限深情

有一种美丽
优雅沉静
似淡淡的清风拂起微微的朦胧
只留深深的真爱相拥

无论贫贱
无论伤痛
只顷刻间

初夏的阳光

初夏

湛蓝的天空空旷无际
微风轻轻吹过
带着新绿的树叶簌簌作响
在温暖的阳光下
整颗心都沉浸在最美的时光里

追鹿的人
看不见山和水
指尖流沙
怎奈时光似水
远方的旅行

追逐的是诗与梦想

海纳百川
是因为上善若水
壁立千仞
是因为无欲则刚
路边的无名野花
也许比名贵的牡丹更清香
时光微语
那些年的声音在岁月里回荡
钟爱岁月
淡归于静

留守的温情

穿越过唐风宋韵的街角
行走于俗世红尘的喧嚣
我们以各种心情做着生命的代言

凌乱的烟花迷离了眼眸
沧桑的岁月迷失了心路
尝尽人情冷暖的心酸
经历塑造了一路的丰盈

把握不同的风景
不做无谓的观望
留守一份温情
还心灵一份开阔

给生命一份挚爱

怜荷
也曾万紫千红
也曾百媚千娇
摇曳的裙摆
沉甸了几千年沧桑的尘世间
君不见
杨柳岸
晓风为梳
君不见
秋水畔
秋月作镜
将心事结成发髻
将守候吟成一枚小诗
青涩如菡

若干风情旖旎的故事
已随渐行渐远的莲舟
变得沉寂和冷漠
那些胭脂轻泛的面容
渐渐浅淡
正纠缠于水云间的一声轻叹
萧索孤立中

荷聆听着秋语
摇曳在瑟瑟秋声中
一阕宋词
一脉幽香
夜肆意地弥漫
一片被遗忘的秋荷
自书页里滑落
花瓣里装满了回忆
在风的吹袭中
跌落我的手心
坠入了前世的荷塘

西窗的风

西窗的风
剪断了温馨的月色
一帘梦景寄相思

时光的云
萦绕着如絮的心事
迷惘了曾经的过往

往事成影
如纷落的叶
化尘成梦

妩媚的风

柔情散碎
痴心翩然

镜中的故事
在流转的光阴里
绕成一个凄美的弧

难圆的梦
茫然的眸光间
飘过你的青丝一缕

寂静的夜
紫檀色的梦
灼痛恍如隔世的风景
只想与你一世相守

断了天涯
枯了海角
挥泪成墨诗两行

记忆的彼岸

记忆中的彼岸
谁会成为彼此的唯一
等待中的时光
踏遍千山万水
寻觅不老的约定
开在思念里的花
绽放在卑微的尘埃里

经年的痕迹
是残留在沧桑
岁月里的凄美诗句
阡陌红尘中
你的名字

终究也只是
成为我生命里的一抹印记
记忆的轮廓
是用泪痕刻下的伤

茫茫天地间
独揽痴心一瓣
站在初逢的路口凝望
一脉残香
注定是一场孤独与哀怨
许一世繁华
爱到永恒
却伤到极点

一场漫过尘世的烟火
不见了幸福的影踪
蓦然回眸间
一切入了空
幻作影

秋雨

秋夜
细雨无声
淋湿了思绪
此刻
青灯黄卷
把盏问茶
任思念漫延
任翰墨流转

曾经
牵手漫步
红尘桑田
共赏清风明月

同度水墨时光
静寂如我
在时光的缝隙里寻你
红尘三千
念你如昨
赏遍花开荼蘼
饮尽日月光华
此生
只愿与你
左手烟火
右手流年
安静地陪你把光阴定格
恬淡地伴你至年华殆尽

秋夜的雨
带着一丝彷徨
带着蚀骨的薄凉
带着繁华落尽后的萧索
带着苍茫的忧伤
如孤寂的灵魂
飘向了遥远的世界

从此
执笔与你

醉枕墨香
青山绿水菩提树下
度了谁的佛缘

佛法自无边
凡尘不回岸
静坐佛堂前
经文深处起波澜

菩提树下
一颗禅心
清唱佛法无边
遁入空门
佛前一朵青莲
护佑六世平安

第五辑

人间最美是清欢

忧郁的猫

我是一只忧郁的猫
屋子里空荡荡
听不到主人喊我的乳名
喵喵

我是一只忧郁的猫
渴望投入主人的怀抱
喜欢主人抚摸我的毛
喵喵

我是一只忧郁的猫
每天蹲在阳台向外瞄
盼着那个熟悉的人影

喵喵

我是一只忧郁的猫
用两只竖起来的耳朵
用心听着外面的脚步声
喵喵

我是一只忧郁的猫
望着窗外泪眼蒙眬
屋子里静悄悄
喵喵

凉城听暖

本是收获的季节
麻城里到处弥漫着
一种叫不出名字的忧伤……
当初曾拥有的
那场花开花落、年少轻狂
注定是一场没有结局的凄惶
一个人的时候
走过曾漫步的恋恋红尘
走过油纸伞下的烟雨江南
一个人的寂寞如泡沫般忧伤

往日点滴如同行云流水
拥有的也是镜花水月

静静地走于朦胧的夜色里
消散了无边落叶
迷离了幽梦苍白了心伤
抽走魂魄让我零落不堪
花落英残荼蘼不见一人赏
独自落泪化灰
枯萎的蕊不再等待花开
风起花落瓣瓣化冰霜
冷漠成殇

秋夜梦里寻安暖
展卷泼墨品茗香
我一个人
安安静静度时光

偶遇七夕

我等在岁月葱茏的燕崖
依偎着陌上之花
将时光深处的斑驳树影摇曳成微风剪影
愿时光
许我一脉相惜

时光清浅
安之若素
牛郎风景区人潮拥挤
我们就这样不经意间碰面
微微一笑
擦肩而过
彼此却还记得对方

不想写伤感的文字
掩藏内心的所有不舍与悲伤

总在旧时光里找到动听的情歌
不想删却也不想娓娓吟出
而来年今日
风止于光
过往被搁置成冷冷的声音
越念越冷清彷徨
或许该模仿心灵鸡汤的口气说
要趁好
趁你我还自恃年少天真未老
许一场地老天荒

静若繁花

初次见面
送你一个春天
将满园的春色一一安放
在你明眸中的星河里
麻城
怀揣着沉甸甸的爱意
将每一寸家园用心浇灌
有些事情很细微
但用心去做
自然也会回馈你一片浪漫温馨

当你一进入麻城
和煦的春风

缱绻舒适
啁啾呢喃
亭亭玉立
你也能清晰地感受到
这就是春天里家的味道
柔长的臂弯轻轻拥入怀中
怎一个“醉”字了得

半城烟沙

耳边传来一首动听的歌谣：
走的那天装作匆忙
怕看见你湿了眼眶……
聆听着这如水的淡然
默默地为时光的无情感到哀伤
你我吟咏着岁月的长歌
在流逝的岁月里静静地寻找着属于自己的繁华

单薄而寡言的光阴
该怎样温柔言语
才能抚平那堆满褶皱的心事
我们都是如此念旧的女子
沧桑经年

依然怀揣着往事的暖与殇
回忆里有想念、温馨、泪光
更有一个一生私藏的人

梨花催人泪

夜静谧
珠帘微动
为谁中宵立
梦中徘徊
相思漫上心扉
梨花催人泪
有风吹过
泛舟于你的心湖
划过四季
将心事高悬于八月的夜空
风中浮动的是桂花的芳香
于是
我将希望

蕴藏在十月的种子里
破土而出的
是永恒的希望
命运的锁
在灵魂深处轻轻打开
有灿烂的烟花掠过眼眸
唯美的天空
你丰盈的深情
醉人的歌声
空灵的唱和
如斯扣人心弦
今生今世
请君记取
陌上花开
静等君来

思念如影随形

冬日的夜空里
云淡风轻
缓缓前行的路上
一片阴影就剪断了窗棂
窗外一片风花
畅饮三分妖娆
时光隧道中
看花儿为你盛开
云水为你倾城
花开得繁盛
绽放一室温暖
四季如春
相对而坐

听君悦耳之声
仿佛天籁
余音袅袅

时间过得好快
只想静静而坐
不让距离疏离远方的心
为你写了一屋的诗篇
终究还是会离开
很想一转身你就在我身后
让我随时看到你陪在身边

人间最美是清欢

一年太长
你可以认真去折腾
即使掉光一身的羽毛
一辈子很短
当我再想忆起故乡瓦房子的模样时
却忘了它
当生日遇到“3·15”
自己对自己说一声:生日快乐
我愿学习蝴蝶
一再地蜕变
一再地祝愿
既不思虑
也不彷徨

既不回顾
也不忧伤
人间最美是清欢
当我的心静下来
烦恼喧哗
仿佛生命中的污泥
等待着
或许会有一朵莲花
一些清明的禅意
从无光的、未名的角落
开放

浅月流歌

初见
素衣执手对望
佳人在水一方
驻足蒹葭之畔
笔墨纵横画不尽若隐若现
泼墨山水绘不出陌上初安
一颦一笑轻轻地牵动心弦
似蹙非蹙的眉眼烙印心间
油纸伞下
回眸一笑便是风华万千
最难忘却那惊鸿一瞥

我在千山万水的眉眼中

为你执着书写诗情画意
我在风月缠绵的指尖上
为你倾心捻尽一世思念
我在高山流水的琴音里
为你唱尽一世繁华
我在古韵悠远的墨迹上
为你绘尽一生的风华
彻彻底底
无怨无悔

风抚涟漪
长发随风
慢慢地
慢慢地
散入其中
不谈诗情画意
任这一季微风
肆意地挥洒
只要
这场淡淡的相遇
且行且珍惜
愿携清风一缕
看云卷云舒
听花落无常

取一支木笛
静坐幽境深处
青石板路
绿苔石阶
风和日丽
奏一曲《高山流水》
心无旁骛
打心底里安然平静
似乎
连呼吸都安静了许多
画几卷
织几帘
聊几句天南地北的闲话
看一季鸟语花香的风轻云淡
你喜如花美眷
我独爱似水流年
一如既往
竟有些许的期许与惦念
岁月静好
终有聚散
何必在意
缘深缘浅

燃几盏

等几年
书几笔小桥流水的淡雅
听一缕日暮凉风的浮世光年
路过沧海桑田
也走过水墨江南
光景依旧
现世安稳未有丝毫改变
岁月静好
终有聚散
何必在意
缘深缘浅

我从不与过客轻易说再见
或许一个眼神的交会
或许一抹会心的笑意
便抵过一句再见
也或许有缘
又何须再见
人们常说
人生在世
不过过眼云烟
而我
却依旧想要留下些什么
我如今的文字

不过是希望在这人世间
可以留下些许怀念罢了
其实
世间所有的路都相似
此岸与彼岸也只是隔了
一缕不算太长的雨线
而我
可以将苍凉写成美丽
将寂寞舞成春秋
静守云水禅心

第六辑

我一个人

我一个人

1

沉默地走着
无限悲凉的情绪
席卷着山峦林莽
乱思愁人
寄予水云之间的惊鸿

华发静守
星起月没
西下的阳光刺破窗口
在睫毛间划出了缝隙
在眼帘深处复又逝去

薄凉的秋风
撕扯心的痛
乱了诗句的排序
撞痛了胸中的期冀
涌来的思念抑制不住

对雀难语
琴弦惹指
泣涕涟涟
徘徊的心潮
抖动的手指
弹不出清纯的音色

落叶蹁跹
静寂如莲
那温柔的冷
是分别太久的缘由

我一个人
倾其所有
在水云之间孕育一帘清梦

2

听风的私语
听雨的悲泣
无法走进心
黎明前疲惫地睡去

关闭窗子
任黑暗蔓延
你已经远走
一个让人思念的日夜

彼岸花开
空留牵念
终结爱恨情缘
让爱渐行渐远

难描菊淡
清香幽婉
我凝望着深秋
秋风吹老了灿烂

心事无寄
山水相逢

我们妥协给生活
留下无法弥补的残局

棋逢对手
俩人相持
你不再落子
成为扣人心弦的悬念

时光流逝
烟雨幽幽
凡世的花
开不了天长地久

蹒跚步履
白发拂风
婉约的故事多少伤情
穿越你的世界迷恋着过往

沉沦于前世
停泊于昔年
今生无缘再续
渡口斑驳的记忆
涌动成思念的潮流

3

梧桐叶上已三更
弦月高高满西楼
摇落繁华几时休
欲寄离愁
一杯酒

携手弹曲遍天涯
江畔枯柳醉魂休
千山踏尽不知倦
苦了相思
一缕愁

4

茶室飘香
回忆那一世地老天荒
散去你留下的烟味
抹掉你坊下的那抹画墙
曾经海枯石烂永不变的承诺不再
那一世的风花雪月徒增感伤
悲哀的人情世故

在谁的乱世里蔓延
感伤的花季残局
在谁的午夜里呢喃
谁的泪水
在流年的时光里呓语
煮一杯酒温暖自己
熨帖冰封的心肠
举杯难咽世间聚散离合的沧桑
闭一扇窗掩不住满目悲伤
谁在云幕那端低吟浅唱
一道光透过天色的红装
梦醒过后寂寞无处藏
你口是心非之前的模样
你是否也念念不忘

5

玄月孤独地守候
那为谁守候残缺的自己
受伤后开始变得恐惧、多虑
那个奋不顾身的女孩儿哪儿去了

奢望时间能倒流
回到那个青涩的年代

或许我还会懵懂一回
找寻山谷幽兰四季花开
剥开一片残蕊
在寒凉之际
残蕾最深处依然有暗香袭来
秋凉的夜里有风吹过
幽幽庭院暗香盈动
如你那随波逐流的泪滴
却再也找不回曾经的踪影

夜风
拂过眉梢
室内
一朵桂花永驻在心间
牵手
带走了一片如醉如痴的冬天……

青丝长
系不住离人马
疏林远
留不住斜阳归
岁月静好
无论是烟火俗世
还是云水禅心

弹指须臾
四季更迭
所谓年华向晚
不过岁月沉香
你若欣然而前
自是不负过往

短短相处之后的归途
绵绵回忆伴随一路
不期禅心云水遁迹释家
但得世事消磨悟得佛法
曾执卷吟诵于春风桃李亭下
不期韶华几度春秋
唯愿纵观群书慕圣贤风流

良夜执笔青灯相伴
一纸小笺一方墨砚
一杯清茶一册翰林古卷
此生最喜有知音相伴
推杯换盏吟风弄月
书香年华寄情山水

于字里行间走走停停寻寻觅觅
“赌书消得泼茶香，当时只道是寻常”

扣人心扉的声音
如同飞花辞树
留下浅浅的香气在枝叶之上
这短短的时辰
生无所负
别后的日子
尚有千山待跃
尚有百川未渡
都不如与你一起
淡然走过这一段时光

若他日得闲
于麻城的茶楼
坐看风起云涌
接待浮生过客
执一卷诗书
品一盏清茶
任他年华向晚
且醉岁月沉香

笙歌君独幽

一直不明白
到底在执着些什么
明明知道每个人都只不过
是一粒小小的尘埃罢了
就像星星再美
也不过是月亮的陪衬
千百次回眸才换得今生擦肩而过
可今日擦肩
是否还会记得对方是谁
曾听过这样一句话
下辈子
无论爱与不爱
都不会再见

于是

我学会了惜缘

在烟雨中那条长长的小巷

无论遇见的人是谁

只一眼

便是缘

无论今生还会不会记得彼此间

曾有过这样美丽的相遇

哪怕

那美丽邂逅会被厚重木门深深锁扣

被岁月埋掩

惜别的伤

岁月的阴霾
润湿了镜中花
梳理凌乱纷飞的往事
思绪怅然
为何聚了又散
在茫茫的人海里
苦等千年
往事难了断
惜别的伤交织了欢喜
感叹人生有太多的游戏
爱恨交错
相思绊了相依的路
一半冷

一半暖
时光静然
月上柳梢头
长夜做伴
人来了
却又转身
渐渐地走远

九月

经过夏的炎热与躁动
秋迈着从容的脚步款款而来
她在朦胧的清晨悄悄降临
又在炎热的午后翩然而去
她在山谷中穿行
又在每个山顶独坐
她把累累果实催得成熟可爱
她把秋蝉蟋蟀促得声嘶力竭
她把迁徙的候鸟聚集一堂
世上的雀儿从此有了度假的天堂
吟一曲风花雪月的缠绵
诵一阕花香雨柔的情长
诸法万象

持一颗不改初衷的本心

得之坦然

失之淡然

彼时豆蔻

花的世界
不媚世
不孤傲
为自己的世界而生长
用一年中最美的姿态
沾染因果
种下希望

一场盛大的百花宴将于眉间绽放
于心间妖娆
淡淡馨香溢满心房
妩媚了整个春季

安之若素
粉色白色的梅花
带来晴暖新生的春日气息
枝丫间全是明媚的心情浮动
鸡鸣寺路上
樱花云蒸霞蔚
樱洲湖畔
大簇大簇的粉红令人怦然心动
等万株海棠进入全盛花期
恐怕艳压樱花
如同亭亭玉立的美人
当一大片金黄色的油菜花
铺天盖地袭来时
任谁都会为她的气势所震撼
偌大的朝天宫宫阙
人音俱杳
红墙琉璃瓦
玉兰开得活色生香

且听且行

相遇是一树的花开
相爱是生命的痴缠
相知是懂得的硕果
行走在红尘深处
很多人在我们的生命中走过
遇上一个懂你的人
请千万记得要惜缘
要满怀感恩之心地对待那个懂你的人
要感谢他住在了你灵魂深处
因为他的懂得
你才能妖娆地开在生命的每一天
你才能把自信写满
把缘分演绎到极致

因了他懂得

你才能在缘分花开之时

倾城绽放

所以

我们在生命的每一天都要珍惜这份懂得

如果

如果
我们不曾相遇
是否故事的结局
就不会让彼此泪流而去

如果
我们不曾相遇
是否松开双手时
心就不会如此疼痛破碎

如果
我们不曾相遇
是否我们还是那两个
擦肩而过的陌生人

第七辑

为你写诗

静听年华

一袭春意入帘
飞花点翠
春意盎然
思绪也如翩飞的彩蝶
飞向远方

沏一盏清茶慢慢啜饮
柔风从指隙间肆意流泻
一如韶华岁月
落地无痕
细雨如丝
情思似水
唱千阕柔歌

愿能为陌上花红草绿增色

枕一梦万里烟波

守在春天的季节里

听花开的声音

品人生百味

织一帘幽梦入诗

浅吟低唱

我们曾经有约

相约一起去茶卡盐湖边
青海湖岸
寻找仓央嘉措的初恋……
可我临阵逃脱
多想与你
牵手花前月下
漫步红尘桑田
共赏清风明月
同话水墨印花
看着你随部队走远
留下静寂的我
沉浸在往事的缝隙里思念

群里美图翩翩

看你们合影留念
美丽的茶卡盐湖啊
唯你是念
你是我的诗篇
是我一辈子也读不完的书刊
是我今生唯一的爱恋
今世
只愿为你
怀抱执着
心生感念
今生今世
只愿与你
左手烟火
右手流年
倾心将你推到世人的面前

今夜的茶卡盐湖
没有一丝彷徨
带着炙热的温暖
滚烫人生的夕阳
从此
执笔与你
醉枕墨香

烟雨如墨

风吹细柳轻拂面
执手相悦山水间
亭台青石阶上坐
闲对春晖弄管弦
在这春风徐徐
鸟语花香的季节
捧读诗书
细细品味
惬意地赏玩
一杯甘醇的美酒
滋润心灵
沁人肺腑
用情为笔

以心作纸
一笔一画
轻轻浅浅地刻录下
一份浓情一掬蜜意
心中便盛载了无限爱恋
我把所有的心事
都种在这花开春暖里
让爱溢出
淌成温馨
带着阳光雨露的清新
与花香相拥
与时光对饮
以风的洒脱笑看过往
以莲的恬淡随遇而安
在春去秋来间
期许岁月静好
浅笑安然
一花一世界
每一朵花回归自我
在自己的世界里
绽放芬芳
不做他想
所以更香

薄雾染层林

长发飘飘
裙摆逶迤
墨色的油纸伞下
与你慢慢地行走于青石板上
不写诗情画意
不绘浓墨重彩
轻描淡写
在心底栽下一株菩提
纷扰于红尘浊世的人
终是被世俗繁华迷了眼、蒙了心
你端坐莲台，手捧经书
耳听梵音……参禅定心
青灯古佛

蒲团木鱼

心如明镜

坐观俗世

我身居红尘坐看云起

淡然心性观云林雾海

闲暇

傍山水

作诗画

轻弹锦瑟

在红尘俗世

影印一份属于自己的宁静

犹记初逢时

你回眸莞尔

仿若仙人

晨曦微露

谱一曲过往流年
可怎奈弱水三千
一颗红豆难寄相思之言
写一笔迷离风烟
可怎奈烟雨江南
一世情愫难寄前生旧念
描一幅丹青画卷
可怎奈轻狂少年
一场花事难寄陌上初安
笑一声沧海桑田
可怎奈世事荒诞
一路风雨难寄旧时容颜

说一句秋水漪涟
可怎奈浮华三千
一生墨色难寄桃花人面

独舞的繁华

一世情
一句轻叹
梦落处
芬芳殆尽
烟火消瘦
挽一缕痴念
细读尘世未了的情缘
思念是种独舞的繁华

凋谢的喧嚣声中
是谁错过谁幽深的期待
一颗迷茫的心
染尽了伤感的韵

菩提树下
我祈祷缘分的轮回

断桥边
桃色依旧
诉一曲衷肠
赠与谁人听

暗香疏影

时光弥散
散漫心头的眷恋
花落去
情未散
相思涟涟
一别经年
读你三生三世
从不觉疲倦

风花雪月的浪漫
如匆匆过往
文字的炼狱里
独留一抹无法忘却的嫣然

淡淡的文字

被刻上无声的忧伤

字字迷离

句句惆怅

冰冷的情感

暗香抚弦

此情难忘

笑敬过往

叶子变得金黄
发出了耀眼的光芒
落下来的树叶
像翩翩起舞的少女
婀娜多姿
在林中舞动
像早晨的太阳
散发出光和热
像一团团火在燃烧
温暖着整个秋天
树儿脱去岁月的痕迹
穿上崭新的衣裳
告别过去

迎接明天

月光里的树
仿佛是日光融成了点滴
从天上落到了茂密的树丛里
在麻城中为你弹一首《月光奏鸣曲》
享受这惬意的人生

花之圣母大教堂

阳光透过树叶洒满这个繁华的世界
圣母大教堂
大隐隐于市般矗立于一片繁华闹市之中
教堂的尖塔直指蓝天
如同一首赞美诗
诉说着神灵的伟大和信徒的虔诚

你想要见到她
必须得先穿过许多嘈杂热闹的窄街小巷
朝着她在的方向
行走在狭窄的街巷里
耳边仿佛真能听到
你思念的叮咛

我们总是在寻找着某种东西
我们渴望拥有
却往往在拥有的时候又感到不满足
我曾经也是这样
直到我遇见了你

突然眼前一亮
红顶白花身子的你就这么优雅地
矗立在我的眼前
近在咫尺的宏伟
全屏的手机相框根本装不下完整的你
从上到下从左到右都是无与伦比的细节美

沉醉于你温柔的静谧之中
感受千年传承的信仰之力
感受灵魂的升华
感受宁静与神秘
倾听上帝的呼唤
你不只是建筑
更是精神家园
是信仰与历史的完美融合

这里是历史的见证

这里是心灵的港湾
让我们感受这神灵的居所
在宁静的氛围中
让心灵得到安抚
让信仰为我们指引方向
让我们一同感受信仰的力量
发现内心的平静与美好

在这个喧嚣的世界里
教堂如同一方净土
为人们提供了一个寻求宁静和真理的地方
成为时光的瑰宝、历史的见证

幸福的日子总是短暂的
转眼就要离开
我始终相信
爱情是能够超越时间和空间的一种力量
即使我们短暂地相遇
也会成为心中永恒的怀念
封存今日的温馨与美好
无惧地面对我们的人生

天空之城

那是一处遥远的仙境
充满着诗意和梦幻

那是一首无法言喻的诗篇
诉说着神秘与浪漫

那是一个如诗如画的城市
所有的一切让人心生向往

漫步于天空之城的小径
四周朵朵白云与蔚蓝的天空相伴

放飞心情在天空之城

那种空灵与自由令人陶醉翩翩

浮空而上的天空之城
绿意盎然生机勃勃使人心旷神怡

感受着天空之城的美景
仿佛走进了令人陶醉的童话世界

静守在天空之城
繁华若梦寻找属于自己的天空

远离尘世的喧嚣
与鸟儿为伍，与云朵对话

尽情享受着宁静与自由
若能拥有便是此生最美的守望

为你写诗

1

伟大的爱情啊
是盛开的花
绽放在人类情感的土壤上
如传说中神秘的七色花
只要能找到它
你就能获得无穷的力量
和上天赐福
幸福快乐呀

伟大的爱情啊
风景美如画

人人赞美它
好想把它带回家

爱情啊爱情
美好又神秘
一直隐藏在
海之角天之涯
只有勇敢者
才能有缘找到它

2

今夜
我
不写千山
不写万水
只想为你写诗
因为你就是我心头
最美的山水
是我梦里若隐若现的
美丽女神

3

只是一次偶然
我与你相逢
就像金风玉露
都是宿命的安排

以文字为媒
以心交心
在两个曾经受伤的
孤独的灵魂里
我和你彼此相依
你向我吐露心声
同声相应
同气相求
同频共振
……
交织出爱的旋律
多么美妙
多么神奇
只有真爱的人才能体会

4

今夜
我要为你写诗
不写风花雪月
只写人间烟火
不写过去未来
只写现在
只写你和我
在时间无涯的荒野里
就是这么巧
啊，你也在这里

5

写你如书
你是一本常人难以解读的书
你的故事里
藏着一个秘密
透露着忧怨
全是对爱情的追问
和对爱的真谛的追求

读你如书

读你千百遍

我的心也跟着你的幽怨而幽怨

跟着你的故事情节起起伏伏

……

我成为你最真诚的读者

倾听着你的心语

走进了你的心里

留下了我爱的足迹

6

我走进了你的心里

你走进了我的生活

原本单调平淡的日子

因为你的出现

让我感受到爱的温暖

你是火

你是光

你是我今生最美的遇见

你是我今世难舍的情缘

7

有一种苦叫相思
有一种泪叫想念
记不清有多少个夜晚
我们聊天到月亮下山
记不清有多少个白天
我们千里连线
早已成为习惯
没有我的日子
你像孤飞的大雁
没有你的生活
我像丢了魂的木偶
记不清有多少次
你我相对
泪流满面
爱到深处是太想念

8

今夜
我要为你写诗
我用深情的笔墨

写你甜蜜的笑容
写你如水的温柔
写你不变的承诺
写你无悔的追求
爱到深处无怨尤
情到浓时是眷恋
唯愿君心似吾心
共灌爱花驻人间

今夜
我要为你写诗
我用真挚的笔墨
写你可爱的样子
写你会说话的眼睛
写你的爱恋很多情
写你的感觉像春天
樱花开的时候
我在有月光的树下等你
共赴一场盛大的遇见